叶辛中篇小说选

典 藏 版

月亮潭情案

叶 辛 著

中国出版集团 东方出版中心

月 亮 潭 情 案

记得那是我在省城生活时的事了。一天下午，来了一个电话，问我四点以后是否有空，要来拜访我。我问他是谁，他在电话里迟疑了片刻，好像有些不情愿地报出自己的名字：傅英正。

接着他就补充一句："你还记得我吗？你不会拒绝我吧？"

我当然不可能拒绝他。成了作家，当上文学杂志主编，时常有些人为冤屈、为官司、甚至为失恋什么的找上门来。我都耐心接待了。况且他还和我在乡间相识。

搁下电话，我的眼前晃悠悠地掠过一张英俊得有些逼人的脸，一个风流潇洒的小伙子。在枫香塘寨子上，他是很讨人喜欢的，省城知青中两个姑娘，一个矮矮胖胖白净的脸上戴副眼镜，一个高高瘦瘦唇角长一颗黑痣，分别都在使劲追他。而他对此几乎是漠然视之。那两个姑娘互相妒忌得时常拌嘴，他却装作不晓得。在寨子上他担任记工员，一帮乡间的妇女时常在田头土边团团围住他对工分，那些妇女挤他、撞他，他也不会生气。时常有妇女责怪他记错了工分，伸手掐他，他最多张扬地受宠若惊地叫几声。泼辣的祝桂英是妇女中顶凶悍的一个，解下围裙拍打他时，连我们都看得出，她打他是假，替他拍灰尘是真。傅英正这家伙漂亮得连我们这些上海知青中目空一切的小伙子都暗暗妒忌。毫没来由的,有人会突然冒出一句:这家伙要惹到我头上,我就揍他一顿。

一晃好多年过去了。自从他离开寨子,我和他再没见过面。他专程来访,会有什么事呢?我不由地想起他当年在乡间惹出的那桩情案……傅英正惹出的情案是在月亮潭边发生的。

在我们插队的枫香塘寨子边,流过一条河。这条河与山乡里所有的溪河一样,看上去没啥稀奇之处。惟独令枫香塘人自豪的是,流经寨子的河水竟是暖和的。据说早年间就有人来勘察考证,原来溪河的河床岩缝里,有温泉的泉眼,泉眼里冒出的水,温度还不低哩。于是乎自古以来栖居在枫香塘寨子的男男女女,将就这条天然的温泉河,沐浴洗澡。男人们洗澡的地方,几乎紧挨着寨子,只不过溪河两岸的枫香树栽得密集繁茂一点,多少能遮人的耳目。其实站在寨子的高处,远远地看到河边枫香树旁的男人们影影绰绰的身影,也没人会大惊小怪。这一小截河段形成了潭,寨邻乡亲便把这里称作太阳潭。

反之,女子们沐浴洗澡的地方,就被叫作月亮潭。

月亮潭的地势也是天生成的。大山的岩脚自然把它夹出一个隐蔽的河湾,河水绕一个弯弯进来,又回过头拐出去。进出只有一条路,有女子们进月亮潭沐浴,只消留一个人站在路上,那就谁都莫想钻进去了。月亮潭周围的山崖,陡峭不说,还长满了荆棘、茨藜、茅草、长藤。潭边的河岸,兀立着一坨坨褐色的山岩巨石,有泥巴的田土上,悉数栽满了一株株高高的枝叶茂盛的枫香树,便利女子们脱衣穿衣、抹干身子。

我们初来乍到接受再教育时,除了例行地听老人忆苦思甜,辨认地富反坏家门之外,印象最深的,就是关于月亮潭的禁忌了。

"不要搞错了,小伙子走到这边来,要睁大眼瞅瞅有没有放哨的。"民兵连长"高射炮"的大嗓门吼得直震人耳朵,"就是没见女人站岗,走进月亮潭前,也得大声给我咳几下。"

这话逗来男男女女一阵笑声。

傅英正的情案,恰是在月亮潭边发生的。

那天是气候很热的夏秋之交,天还没黑尽,月亮却早升起了。收工后回寨拿来替换衣裳的一帮子年轻媳妇和姑娘,留泼辣的祝桂英站在潭口站岗,其他人一窝蜂拥进了潭

水。谁料初下水时一阵喧闹刚平息,陡地,潭边一坨巨石后头,"咕噜噜"一声响,浸在潭水中的女人们纷纷尖叫起来:

"出鬼了!"

"有人!"

……

话音未落,枫香树叶斑斑点点洒下的月光中,果然站起一个身影,朝着月亮潭外一阵昏跑。

月亮潭里像扔进一颗炸弹般闹开了:

"是个男人,我看见了!"

"这烂流氓,他还没穿衣裳!"

"追啊、追啊!"

"咋个追? 光着身子追出去?"

……

正在女人们七嘴八舌、喊喊喳喳喊成一

团糟时,早有手脚利索的少妇,跃上河岸胡乱套上衣裳,猛追出去。

月亮潭的喧嚷惊叫早已引起祝桂英的警觉。听到月亮潭传出的叫喊,她当即把自己的身子隐在一棵枫香树后,看到一个手里抓着衣裳慌慌张张跑出来的光身子男人。只待他一脚深一脚浅没头没脑跑近身旁时,祝桂英支出一只脚去轻轻一绊,那家伙一头栽下去,摔了个嘴啃泥。

祝桂英抓了一块石头,跃身而出,借着月光,她已看得分明,这龟儿子下流至极,衣裳拿在手里,光身子上啥都没穿哩。

她虽是有了两个娃崽的少妇,这当儿还是羞得脸上直臊,不由低声喝道:

"还哼哼!快起身,穿上衣裳。"

这家伙身子抖抖嗦嗦爬起来胡乱往腿上

套裤儿时,祝桂英已看得清清楚楚,下流男人是傅英正。

待傅英正勉勉强强穿上衣裳,洗澡沐浴的女人们也涌了过来,当场把他团团围住,有的朝他跺脚,有的边吐口水边咒骂,有的干脆脱下鞋子往他背上、脸上乱打。还有的扯来了藤子,要把他捆起来,押回寨子去给男人们发落。

傅英正不是我们上海知青,他是省城下来的本省知青。和省城几个高中毕业的男女住在竹林边的知青屋里。他出了事,我们上海知青都有些幸灾乐祸。因为在平时,也不知是他们比我们早到枫香塘半年呢,还是他们的说话口音天生和农民们接近,上海知青在农民心目中的印象,总是不如省城知青那么好。

这下好了，这种不合理的局面可以彻底翻过身来了。

傅英正被押进寨子，游街几乎是紧接着进行的，亮着电筒，点起火把，那冒着烟气的亮亮的火焰，时常直举到傅正英脸庞前，把他那张无耻的脸照得一明一灭，让满寨男女老幼欣赏。游完了街又开群众大会批斗。批斗时那些当晚在月亮潭洗澡女子的兄弟、丈夫表现得格外愤怒和积极。傅英正脸上挨了耳光，身上饱尝了拳头，身子被捶得东倒西歪、站立不稳。批斗完毕，大约时辰太晚了，该出的气也出了，人们开始散去。但是寨子上的干部和积极分子们，却还余兴未尽，非要组织突击审讯，要傅英正这个流氓老实交代。他们还要我们派一个代表参与审讯。同学们推举我参加，我就当仁不让执行起这熬夜任务来了。我答应参加，还有一个原因，那就是我心中始终有一个疑团，相貌英俊，平时身旁总有省城女知青追求的傅英正，为啥不好好谈恋爱，而要躲进月亮潭去偷看乡下女子？

谁曾想到，逼得紧了傅英正会吐出另一番话来，这桩说到底不过是有伤风化的事竟演变成了情案。有了第二种说法。

一开始，审讯实在没多大意思。以民兵连长"高射炮"为主组成的审讯班子，翻来覆去问的，无非就是那些话，你是什么时候钻进月亮潭躲起来的？躲在哪一坨岩石后头？偷看了寨上哪几个女人？看的是背脊还是胸脯？是上身还是下身？是什么逗得你把一身衣裳脱光的？你相中了哪家姑娘？

问话之细致，我都难以想象。也难怪，我们这些远方来的小伙，曾不止一次听说过，哪个姑娘清白纯洁的身子，若在无意中被一个少年郎看见了，那么她是必嫁此人无疑的。而少年郎呢，不管他心头愿意不愿意，也必须把这位姑娘娶进屋头。

这帮子人如此威逼傅英正，是否也想让他娶一位在月亮潭沐浴的姑娘呢？

傅英正可能是被打昏了，被突如其来的游街、批斗、审讯吓呆了。对于所有的审问，他一概不作答，一概以摇头来否认。

折腾到下半夜，我连连打哈欠。征得"高射炮"同意，我端把椅子，到隔壁屋里打瞌睡。

说是隔壁屋头，其实只隔着一层竹篾编织的薄墙，一切声音都听得清清楚楚，就连人的表情动作眼神，也能透过稀疏的篾缝看到。唯一的好处，是光线暗淡一点，适宜于迷迷糊糊地打瞌睡。

傅英正干出这等蠢事,他这辈子算是完了。我合上眼,这么思忖着,稀里糊涂地竟然睡着了。那一声高一声低的审问,变成了我的催眠曲。

　　我是被傅英正的惨叫声惊醒过来的,醒过来的那一瞬间,我第一个感觉是下半夜的寒意,随即听到的就是傅英正撕心裂肺的惨叫:

　　"冤枉啊!我冤枉啊!我进月亮潭,不是去偷看女人洗澡的呀,是有人邀我去的呀!"

　　我连忙凑近竹篾编织的壁缝往隔壁看,原先站在那里的傅英正,这会儿已被悬空吊在梁上,他实在受不了这种随时可能吊断臂骨的折磨,才歪咧着嘴叫起来的。

　　"把谷桶移过来,让他招!""高射炮"的声气像注射了吗啡般兴奋,他一面捋袖子一面下命令,隔着壁缝,我看见他一双眼睛炭火般亮着。

一只扁扁的谷桶移到傅英正脚下,他的双脚总算有了着落,惨叫和喘息声都减弱了。

"说,什么人邀你去的?是姑娘还是婆娘?"以"高射炮"为首的审讯班子,又是一迭连声地追问。"或是你们女知青?"

傅英正的眼珠"骨碌骨碌"转动着,他又出声地喘起气来。

"不说啊,不说再给我把谷桶踢开!""高射炮"又是一声厉喝。

"说……我说……给我喝口水。"傅英正睁大可怜巴巴的双眼,哀求道。

"咕嘟咕嘟"喝下半缸子水,他招了,他说约他进月亮潭去的,是寨子上会打家具的木匠杜老二的婆娘巧梅。一语震惊了满屋子

13

人,自然免不了又是一连串的追问。说出实话,傅英正仿佛没了心事,神情也自若多了。他等所有的追问平息下来,才不急不慢地招供道:巧梅约他进月亮潭,他起先怕撞见去洗澡的姑娘,巧梅点着他脑门子道,憨包,这落雨天,哪个女子会跑去洗澡!他想想也是,因为巧梅约他时,还不到吃晌午饭,天上在落雨。天擦黑时,他就去了。巧梅比他晚进来。可能是以为他还没到,巧梅就把衣裳全脱了,要下潭去洗澡。傅英正站在岩石后头,看呆了。他昏头昏脑扑了出去,巧梅起先不愿意,推他,随后又叹气,说都给你看见了,干脆给了你吧。说着把衣裳铺在巨石后头,就逮着他倒下去。哪里晓得,没一会儿姑娘媳妇们就跑进月亮潭来了。他俩吓得气都不敢出,只是紧紧挨着,缩成一团。直等到所有的女人下了潭,他才抖抖嗦嗦移动身子,谁知道刚一动,脚就踩到了一块石头,发出了响声……

照这么说,他确实没看到寨上其他姑娘少妇的身子。审讯者们的气似乎也消了大半。接下去虽然又兴味浓郁地提了不少问题。但那都属于巧梅和傅英正两个人之间的事,发问者连问多遍,总算还是让傅英正承认,他和巧梅通了奸。那种丑事是做了的。

第二种说法令枫香塘寨子的人们相信,是因为巧梅这个女人。俏得招人眼的巧梅嫁给手艺木匠杜老二,是一件让人议论了又议论的事情。首先当然是因为杜老二有一门远近闻名的手艺,他打的家具,手工搓出来的抽屉把手,雕出来的狮爪,让人欢喜不尽。特别是那些新嫁娘,置办的嫁奁中有几样杜老二打的家具,人都要神气几分。找杜老二的人多,杜老二赚的钱自然也多。其次呢,这门令人瞩目的婚事过去已经五六年了,脸貌俏丽的巧梅,至今没怀过娃娃。头几年,照规矩都把责任推到巧梅身上。近些年来,埋怨的话头不知不觉转向了杜老二。说整天在外头帮人打家具宿夜的杜老二,口袋里票子多,猫儿打野食,时不时也要耍女人。和他睡过的女人,不管是婆娘还是姑娘,从来都不曾怀过娃娃。风言风语免不了也传进巧梅的耳里,两口子三天两头吵嘴打架,砸锅摔碗闹腾一番。说尽黄河都是水,怪来怪去,就怪他俩结婚多年,身边没个儿女。巧梅见傅英正长得俊,逗着他进月亮潭干好事。目的是为传宗接代,枫香塘寨子上的人们倒也觉得是天经地义能理解,并不把巧梅往烂婆娘方面推。

　　故而那一晚的突击审讯不到天亮就结

束了。

民兵连长"高射炮"说的话显示出他很有政策水平:"这只是傅英正的一面之辞。还得找巧梅核实。在事实闹清之前,哪个都不准打胡乱说。"

和巧梅核实这件难以启口的事,当然没有再找我。但是却找了我们一位上海女知青参加。据女知青回到集体户绘声绘色地一讲,我顿时发现,月亮潭情案有了第三个版本。

一开头巧梅当然是诅咒发誓地说傅英正烂舌头、屈打成招、诬赖人。她又吼又叫地嚷嚷道,要把杜老二喊回寨子来找傅英正拼命。直到去找她的人如实点出来,他们已找了那天所有去月亮潭洗澡的女子,没一个人说约过她,也没一个人说下潭沐浴时见过巧梅。

巧梅愣怔了片刻,继而又挺直腰坦率承认,她和傅英正是有那种事的。她说傅英正受惊吓朝月亮潭外头逃跑时,洗澡的女人们纷纷跳上来穿衣追出去,哪个也没留神到她。她讨巧卖乖地下月亮潭打湿了身子,又起来穿上衣裳站在人堆里看热闹。

　　她明确说事情不是傅英正讲的那样。她说这天吃过晌午,天晴开了,她趁着天好上坡去把荞麦田挖翻了,收工回家时她顺手还掏了一背篼猪草。下半天的太阳出得大,忙得她出了一身透汗,身上黏黏糊糊的好难受,回寨时路过月亮潭,她顺道拐进去洗个澡。为怕人闯进月亮潭来,她还把装满猪草的背篼搁在潭口路边,锄头和专供妇女用的小镰刀放在背篼旁,用以提醒人。

　　进入月亮潭她就自然地脱去衣裳。潭水

和空气让人特别舒服。她把散发挽上头顶盘成一个髻扎紧，以免洗澡时打湿了头发。就在她扎紧发髻时，陡然发现傅英正从巨石后头冒出来，直瞪瞪地盯着她，嘴和鼻孔里像一匹跑累了的马那样呼呼直喘粗气。这太出人意料了，巧梅吓得张大了嘴却喊不出声。她也来不及抓起衣裳来遮掩自己，只晓得咬在嘴里的几颗发针全落了。没等她回过神来，傅英正就像一头野猪样扑了上来。他抱紧她在她的脸上又啄又吻又啃，又在她的背上胸脯上一阵乱摸乱搓。她想推开她，无奈他的力气比野猪还大……

巧梅说她推了几回推不开，浑身都吓瘫了。傅英正的两只眼睛血红血红的，龇牙咧嘴的那副模样简直像要把她扼死。她脚跟站立不稳往后倒去，傅英正就趁机压了上

19

来……

月亮潭情案在发生以后的不长时间里竟然有了三种说法，三个版本，愈加激起寨邻乡亲们的新鲜感和好奇心。就连我们这些知识青年，也不厌其烦把这件事翻来覆去地讲，最后还发生了互不相让的争论。

总而言之，对月亮潭情案的三种说法，三个版本，说啥的都有，说啥都有人不信。

"扯不清，扯不清！越扯越糊涂了。"

再热门的话题，再是桃色新闻，天天说日日讲还是有乏味的时候。好在这件事情基本脉络是清楚的，傅英正生了邪心，犯了禁忌，跑进月亮潭去干出伤风败俗之事，丢尽了脸面。巧梅去月亮潭洗澡时不像往常那样呼唤几个伙伴，吃了亏，惹出满寨的风言风语，对她品行有种种议论，落得个黄泥巴糊裤裆，不是屎也是屎,那也只能怪她自己了。

负责这件事的"高射炮"在群众大会上这么总结的时候,人们有骂的有笑的,说啥的都有,但最后也只得承认,这件事说齐天道齐地,就是这个样子了。

那晚的群众大会,巧梅没有到场。事前是通知她的,说她是当事人,必须出场,但她硬是不去,寨邻乡亲们碍于杜老二的情面也莫奈何她。

傅英正是不敢不到的,上台为此事挨最后一次斗时,人们同样愤怒同样咒骂,却明显地不像头回那么气势汹汹了。

值得一提的是批斗结束,先押着他退出会场时,站在后头谷斗旁阴影里绣袜垫、打毛线的姑娘堆里,突然跳出一个人来,手中没绣完的袜垫愤愤地对准傅英正那张脸,狠狠地抡了好几下，"噼里啪啦"的声响，震惊了满寨男女老少。

用袜垫抡傅英正耳光的，是枫香塘寨子上一个沉默寡言却又很引人注目的姑娘凤碧。人们万没想到秀气娴静的凤碧姑娘会干出如此激烈的动作，更没想到她还会骂人，她边打边骂道："烂流氓，臭狗屎，你一辈子都莫想清闲！"

凤碧姑娘简直不是在骂人，她是声嘶力竭地吼出这几句话的。

是因为这件事太出乎人意料了，喧声嚷嚷的会议室内当即沉寂下来，人们都把脸转过来望着凤碧，煤油灯焰弥散着，凤碧姑娘眼里噙满了泪。

傅英正既不避闪，又不抬头，待凤碧打完了，才在一声呵斥下，跌跌撞撞走出去。

凤碧是枫香塘大队支书兼革委会主任的侄女。

凤碧的引人注目还不仅如此,她是随叔叔长大的,她的亲爹却是县城供销社的一位主任,只因她的亲妈早死,她爹在县城又娶了城市婆娘,才委屈她住枫香塘的叔叔家。不过她爹并没忘却她,说有机会,总要把她安顿到城里去。她在山寨上,虽说同姑娘们一样劳动,可穿的衣裳是城里人的,说的话,也带几分文气。寨邻乡亲们说她的行为举止,和我们知青相像。这时只听祝桂英一声轻喝道:"瞧着吧,月亮潭情案,说不清道不明的地方太多了,还有戏文哩!"

直率泼辣的祝桂英随随便便一句话,竟成了月亮潭情案的预言。

当年冬天,县里面集中整修烂提篮水库,

照规矩是一声令下，每个公社每个大队每个生产队都要派出精壮劳力去当民工，每个公社去的民工，还得有一定比例的姑娘。任务很光荣，重要性也强调了又强调，但是所有生产队派出去的劳力，都是些调皮捣蛋、偷鸡摸狗、不好收拾的人物。枫香塘寨子的名额，自然便落在了傅英正脑壳上。

傅英正去水库挖泥巴下苦力不久，寨子上就传开了一种说法：自古以来，男人都是进不得月亮潭的，一旦误入月亮潭，男人的脑壳就要昏，辨不清东南西北，撞上女子不管是少女还是老太，他都要干那种缺德事。其实他已遭迷住了，自己在做些啥都不晓得。因而傅英正作为一个外来男子，多少还是情有可原的。

傅英正出去修完一冬水库，如若和其他

人一样,按期回来,枫香塘寨子上的人们也许真会原谅他的。谁没有一时糊涂的事呢。况且,不少人还真想问问他,当初进了月亮潭,脑壳里头是不是昏的？眼睛看到的东西,是否恍恍惚惚的？但傅英正却再没回来,听说烂提篮水库修好之后,不再漏了,需要十来个管理人员,拿国家工资,吃商品粮,优先照顾知青和复员退伍军人,傅英正主动要求留下,在那山也遥远、水也遥远的地方,找着了他的归宿。知识青年们听说了此事,不管是省城的还是上海的,当时都着实妒忌了一阵子,说早晓得犯了错误还能提早分配工作,那我们也去钻一回月亮潭。说是这么说,不过是气话,哪个也不敢再到月亮潭去。

冬去春来,和月亮潭情案有关的巧梅,跟着丈夫杜老二迁走了。其实她早在傅英正去修水库后没几天,就离开了枫香寨子,初春那几天,杜老二回来只不过是迁户口、搬家而已。寨子上十几个男子汉帮着他把家具什物装上马车,问他巧梅可好,这回搬去的地方在哪里?杜老二一概用发烟、打哈哈、模棱两可的话打发过去。人们心头也明白了,人家是不愿说。于是众人不约而同想到了月亮潭情案。一些上了年纪的老汉和伯妈,还说了不少挽留的话,他们说心灵手巧的杜老二一走,哪个给娶媳妇嫁姑娘的枫香塘人打家具呢,再没人能打出像杜老二这样漂亮的家什活了。

杜老二家搬走不久,寨子上也传开话说,巧梅离开枫香塘时,都说她胖了,其实她哪是胖呀,她是肚里兜上瓜儿,怀上娃娃了!

多少和月亮潭情案沾点边的凤碧,也在

杜老二巧梅搬家那年初秋,如愿以偿地分配到地区农校去读书了。那时候兴推荐上学,她虽不是知青,客观条件却比我们知青优越,大队干部是她叔,她爹又在县里面帮着使劲,她理所当然应当比我们早地跳出"农"门。

凤碧走后不久,枫香塘寨子里也传出些流言,只不过碍于她叔是权势人物,说得更为神秘一些。其实凤碧是那天傍晚下月亮潭洗澡的姑娘之一,她总怀疑自己的裸身已被傅英正在暗中偷看了去,因此对傅英正怀恨在心,耿耿于怀,才会失态地用袜垫抽打傅英正。还有说得更骇人的,凤碧认定自己的身子被傅英正瞧了去,心灵深处总觉得最终要嫁给傅英正,故而很长一段时间她的神态有些异样,有人亲眼见她盯傅英正的梢。

至于后来,一传十、十传百,月亮潭情案

到底有了多少个版本，我们都搞不清楚了。先是省城的知青纷纷回去，接着上海知青们也都走了，有的在当地分配了工作，有的回了上海，有的像我这样，进了省城。

月亮潭情案始终仍是个说不清楚的话题。省城里的天黑得早，四点刚过，一个人推门进来。他戴一顶鸭舌折得皱巴巴的帽子，脸色苍黑，眼睛落陷在两道浓浓的眉毛下，畏怯地乜斜着我，露出窥视的神情，乍一看他足有五十多岁了，脸庞上的皱纹一条条都像是刀刻的。

我极力辨认着他，暗自愕然地大睁双眼，若不是他事先来过电话，我真认不出来，他是和我年龄相仿的当年的英俊小伙傅英正了。

我招呼他坐，顺手打开日光灯，又去给他斟茶，用这一系列忙乱的动作掩饰我的惊讶。

他倒显得很沉着，在我的座位对面坐下，把头上那顶颇为碍眼的鸭舌帽摘下，露出一脑壳花白头发。我端茶过去，双眼目不转睛盯着他。他解嘲地一笑，冒出一句："在路上碰到，你一定不认识我了！你倒没变，就是胖了点。"

我说是啊，你来省城办什么事？

他端起杯子呷了一口茶，品尝着茶味解释一般说，这回上省城，他是专程为水库经营部联系一种出米粉的机子。水库发展第三产业，搞多种经营，很想要一台这样的出粉机。好久没来省城了，没想到省城变化如此之大，高楼盖得这样多，更没想到事情办起来颇不顺利，道道关卡都得"烧香"。今天他是在办妥事情之后，特意拐进来看看我、叙叙旧，没要紧的事，如果我忙，他喝一杯茶就走……

我说不忙，接到他电话，我是专门等他的。多少年过去了，当年在枫香塘待过的省城知青，全回来了，不知为什么，他至今不想办法调回省城。

他苦笑了一下，说只因月亮潭情案坏了名声，他情愿在水库那个清静的环境里打发日子。当年留在水库上，他曾暗自庆幸总算摆脱了月亮潭情案的阴影。谁知早在他到水库工地下苦力时，枫香塘传出的月亮潭情案就在工棚里流传开了，水库上的人都晓得他的底细。由此他联想到误入月亮潭的男子要背时一辈子的说法。他若回省城，月亮潭情案也会跟着他传进省城的。他有何面目出现在亲戚、朋友、老同学和兄弟姐妹们面前？还是就待在水库吧。管水库的，一共加起来也没几个人。

我望着他苍老的脸庞压抑的神情，同情地点着头问他："那你成家没得？"

"都有娃娃了，一男一女。"他脸上总算透出一点喜悦，接着道，"婆娘是挨近水库一个寨子上的农村人，混呗！勤扒苦挣的日子，勉强打发着走。你不会相信的，枫香塘的巧梅和凤碧，都去水库看过我。"

"真的？"我极力克制自己的惊讶和好奇。

"巧梅和凤碧全是来对我兴师问罪的。"他点起一支烟，抽烟的时候显出烟瘾很重的样子，紧皱着眉，吸进烟去，半天才从鼻孔里徐徐喷出两股烟雾，"巧梅带着个娃儿，男的。她说这是我的儿子，不过我没权得到他。只因我太缺德，只因我当年硬说她约我进月亮潭，把风骚婆娘的帽子硬按给她。要不，出了事两个人一起承担，她是宁愿离开杜老二跟我的。我有什么话可说呢，我只有眼睁睁看着她哭泣地拉起儿子离去，从此音信全无……"

我终于忍不住："巧梅当年并没约你进月亮潭，是吗？"

"她没约我。"

"那你又是撞的什么鬼，一个人跑进月亮潭去？"

"是凤碧姑娘约我去那里的。那时我和她偷偷相好。她羡慕城市，她向往城市。她说她早晚是要离开枫香塘寨子的，她说只要我同她好，我的分配会很顺利。她的叔叔是大队主任，可以负责在下头推荐。她的爹在县城又同知青办头头熟，可以在上头活动。我们俩的将来会很幸福。我给她描绘的这一切迷住了，我们在枫香树林里亲过嘴，紧紧拥抱着难舍难分。是她突发奇想提出去月亮潭的，她说月亮潭的水温暖得人好舒服，她说那环境美得人直想唱歌。起先我真犹豫，她说下雨天寨子上不会有妇女去洗澡，尽可放心大胆地去。她约我时是上午，天在落雨。谁能想到吃过晌午天就放晴了呢，谁能想到会有那么多女人去洗澡呢。我进月亮潭时天都擦黑了，周围团转瞅了又瞅，没一点儿动静，我才悄悄踅进去的。凤碧后来追到水库，逼问我，是不是烂流氓，怎么会见到巧梅就像野牛烂马样扑出去。她甚至怀疑我和巧梅暗中早有来往。真是活天冤枉……"

"事实又是怎样呢？"

"事实……事实是……"他把抽得极短的烟蒂掐熄了道，"我全懵了，我眼睛里只看到花花月亮下女人的身体，我只认为那就是凤碧。直到巧梅开口说话，我才发现乱了套。巧梅藤子似的缠紧了我。我又恍惚又舒服，脑壳整个儿昏了，啥啥都顾不得了。事情就是这样，我不是流氓，你应该晓得。凤碧伤透了心，她那回来水库，还扇了我一个耳光。不过，不过……"他像哮喘病人样吁着气，说不下去了。

我讷讷地问："不过什么？"

"凤碧还是帮了我忙的。听水库上的负责人讲，让我留在水库，是县里有人帮我说了话。"他的眼睛亮起来，憧憬什么似的望着我，"我在县城有什么人啊，还不是她……"

"凤碧从农校毕业，在哪里工作？"

"农推站，农业技术推广站。她嫁了人，是县城银行的一个小伙子。"

"你们还有联系吗？"

"哦,没、没有……"他哭丧着脸,连连摇头。

我找不出什么话问他了。四楼的办公室内安寂下来,气氛有几分僵滞,更让我和他都有些不自然。他顿时感觉到了,出声地喝了一大口茶,重重地搁下杯子,解释一般唠唠叨叨地说:

"这些年你写下的小说,我差不多都读了。水库管理,没多少事。嘿嘿我发现你把在枫香塘的好些人和事都写了进去。惟独没写月亮潭那回事,我在想这件事你早晚是要写的,于是就寻思,一定要来找你,把真情如实告诉你。要不,你写也写不完整的。现在、现在我的一桩心事算卸下了。告辞,告辞。不,不! 你别站起来,握个手,再见、再见!"

他走了,像来时一样匆忙。我的手掌上

还留着和他握过手的感觉。真没想到，事隔那么多年了，我还能听到关于月亮潭情案的第四种说法，第四个版本。傅英正今天来对我说的，是不是就是当初的实情呢？好像是，但又似乎令人怀疑。我一边听一边又冒出不少疑问，只是碍于面子，不便问，由他去说、去解释。我相信如若遇到巧梅、碰见凤碧，她俩从各自不同的角度，同样也会有一番新的说法，讲出点新的细节和情况，听去让人不得不信，又不得不生出新的疑点和困惑。

我当然不可能再去寻找巧梅或是凤碧。又是好多年过去了，我已从省城回到上海。看来，月亮潭情案只能这样说不清楚地留在记忆中了。

人世间不少事情，大约就是这样的吧。

爱情世纪末

　　一个青春活力四射的美貌女孩，为了替母亲报恩，就可以将自己的身体作为"礼物"吗？可这样的事就是发生了。不由令人对世纪末的爱情产生了困惑。

——题记

　　下班时分，院子里传来小车的喇叭声、自行车的铃声和人们的交谈声。

　　"晚上的电影去看么？"

"去,听说这电影在美国、日本、香港上映时,都曾引起轰动。"

"我也看到了报纸上的报道,要去看。"

……

听见这几声对话,我才想起,刚才办公室主任拿进来几张电影票,说是北京影剧院的晚场电影《泰坦尼克号》,让我分一下。我在走廊里喊过一嗓子,其他人都拿走了,惟独我们编辑室的公主聂虹姑娘,还没来取。

我下意识地离座起身,拿过压在墨水瓶底下的两张票子,放声叫着:"聂虹,聂虹,你的电影票!"

跑到隔壁办公室门前,门已经关了。我朝窗户望望,窗户紧闭,连窗帘也拉上了。这些家伙,下班的动作倒是快。那怎么办?近年来,画报社很少给职工们买团体票观看,为了这部争相传说的《泰坦尼克号》，难得买一次票，我却把票卡下了，多不好。况且聂虹还是个正处于恋爱期的姑娘，前几天还在那里眉飞色舞地说着杰克和罗丝近乎疯狂的生死之恋。我无缘无故把她的票子给废了，她会怎么想。我连忙转身，朝画报社停车的大院里张望。

总编坐的那辆小车正在拐出院坝大门，恰好堵住了七八辆同时要出门的自行车，聂虹骑着她那辆自行车，也在里面。

我一扬手中的电影票，大声喊："聂虹，等一等，你的电影票还没拿呢！"

总编辑的小车开出了画报社的大门，跟在后面的七八辆自行车蜂拥而出，聂虹的手往后一甩，回了一声："没关系，电影开场前，我到你家里来取。"

"呃……"我还想再叫什么,她的龙头一拐,已把自行车飞也似的骑出了大门。

这个人,就是怪。

不过她说得也对,我家就在北京影剧院旁边,电影开场前,她到我家来取了票,再去看电影,也是很方便的。不过,不过……这件事总让我觉得有点儿蹊跷,聂虹怎么知道我家就在北京影剧院旁边呢?在省城里,北京影剧院是很出名,可我的这个家是植物所分的房子啊。她连这也知道,一下子又勾起了我的心病。

画报社的那些老同志,谁不知道我娶了一个女才子呢,自从惠香在省里的科技大会上荣获奖状之后,她的大名一下子跃出了植物学界,成了省城里的名人。而我,从省政府的信访办,调到画报社,只不过是一个无名小记者、小编辑。报纸、刊物上偶尔也有我拍摄的一小张照片发表，在右下角落里，标明摄影：姜天义。可这点东西，怎能和惠香比呢。虽说她长年累月深入苗岭腹地，极少在省城里抛头露面，但她的巨幅彩照上过光荣榜，上过省报头版和杂志封面，她的生活照、工作照还在全国好多报刊杂志上出现。最让我尴尬的是，她的一组七八张照片，还在画报上整整占了两页版面。其中一张表现她家庭生活的照片，我当然只能作为陪衬，缩在角落里。家庭生活，真是天大的笑话，我姜天义什么时候有过像模像样的家庭生活呀，一年到头，为了那些植物，惠香忙成那个样子，我们之间哪还有什么家庭生活啊，自从孩子住到外婆家去以后，我经常是孤苦伶仃一个人在打发日子。人当然得有自己的追求和事业，我不也是因为酷爱摄影，放弃了在省政府提拔当副处长的机会，才调进了画报社嘛。但什么事儿都不能过分，家就应该像个家的样子，有家庭的温馨，有家庭的氛围，有家庭的天伦之乐。为了事业，把丈夫和孩子扔在一边，那算个什么事儿嘛。平时我从来不隐瞒自己的这种观点，故而大样出来的时候，在我的一再要求之下，总编辑才答应虚化处理。要不，我这脸往哪儿搁呀？

问题还不在这里。

尽管我总想淡化自己是于惠香丈夫的身份，现在看来毫不起作用，你看，连才到画报社工作不久的聂虹，都知道了。她晓得了我家的住址，想必也会听说我与惠香的口角与不和，我们紧张的夫妻关系，我们正在准备协议离婚。还有……

哎呀，一往这上头想，我的烦恼就不打一处来，什么情绪也没了。我居住的小区从昨天就贴出通知，今晚十点之前停电。本来我想在画报社随便吃点东西，对付一顿晚餐，熬到时间，直接去看电影。这下好了，亏这聂虹想得出来，到我家去拿电影票。我只好回家去啰。

我照例骑着那辆半新不旧的自行车回去，半路上，买了两只破酥包子，以便就着方便面吃晚饭。这包子是省城里的特产，里面包着三种馅，火腿、干菜、豆干和着冰糖，吃起来又香、又甜、又鲜。我选择它，还因为把它和方便面一起吃，既能管饱，又能保证营养。

可吃多了，我还是觉得厌。

这是一个成了家的男人过的日子吗？

早春的夜晚，黑得早，我回到家里，屋里

已是暮色浓浓的，一片晦暗，想到聂虹要来拿票子，我打开了前后窗户透气，还把地扫了扫。没想到一动扫帚，灰尘扬起来，我又想到好几天没擦拭桌子了，书报随意地丢放在沙发上、桌子上、椅子上，整个屋子一片零乱。画报社里，哪一个人不是把自己的家装修一新，在舒适的窝里享受，惟独我。唉，一个人过日子，我哪有心思收拾屋子啊，得过且过地混呗。

扫净了地，我把扫帚往门背后一扔，心里说，反正聂虹来拿了票子就走，天又黑了，她什么都看不见，只要屋里没异味就行了。这么一想，心里又坦然起来，我抹了一把脸，洗净了双手，又在抽屉角落里找出半截蜡烛点燃，泡上方便面，准备吃最简单的晚饭。

停电的日子，我居住的这幢楼里静悄悄

的。早早吃过晚饭的人们，纷纷趁着这阵黑洞洞的时光，跑到灯火辉煌的北京影剧院门前去了。隐隐的，还能听到从那里传来市井的喧嚣。

面泡得差不多了，我揭开盖子，屋子里弥散着一股浓烈的方便面的味儿。噫，今天这面味儿里，怎么还夹杂着缕缕奇妙的芳香？我不由地使劲嗅了嗅，没等我闹清是怎么回事儿，身后传来一阵浓重浑厚的女中音："唷，姜老师，晚饭吃得这么简单啊？"

聂虹来了。那股芳香是她带进来的淡雅的香水味。

真没想到她会来得这么早。

要想用自己的身影遮挡住她的目光，显然已经来不及了。烛光摇曳，却把桌子上简单到寒酸的晚餐，映照得一清二楚。

画报社里所有后来的人员,称呼比他们早工作的人,都叫老师。也不知道这规矩是什么人兴的。

我故作镇静地站起身来迎着她说:"聂虹来了呀,给,这是你的票,你先到电影院去吧,就在隔壁。"

"走过去要几分钟啊?姜老师。"聂虹双手往身后一背,不接我的票,笑着问。蜡烛晃动的光影里,她的这副神态,显得既俏皮又迷人。

"三五分钟就到了。下了楼,拐个弯就到。"我连忙说。

"我说呢,你这是在赶我呀?"聂虹双眼眨动着,扑闪扑闪瞪着我,一脸委屈地问。

"我……赶你?没、没有啊。"我神情有些不自在地急忙申辩,"你不是来看电影的吗?"

"是来看电影,可电影是七点四十分的,现在连六点半都没到。你这不是赶着我到电影院门前去干等么?"聂虹的头微微一偏,话虽说得十分委婉,话中的意思却咄咄逼人。

　　这么说,她是故意早早地赶来的。我堆起笑脸,抱歉地说:"你瞧我,忘记时间了。对不起,你、你请坐,坐这儿沙发上。"

　　我心里直在琢磨,知道电影的放映时间,她那么早来干什么?

　　她没有照我指的方向走到靠墙的沙发那儿去,而是从桌肚里抽出一只方凳,挨着我吃饭的桌子一坐,说:"就坐这儿,你不是还没吃晚饭嘛。我等你,等你吃完。"

　　"那……那你吃了没有?"和一个年轻美貌的姑娘坐得这么近,我的心不自然地怦怦跳着,敷衍地问。

"哈哈哈,哈哈哈。"聂虹仰着脸,发出一串充满感染力的笑声,笑得我有些不知所措,笑毕,她又问:"没吃过晚饭,我怎么会来呢?"

是啊,我问的算是什么话啊。不过,这也实在不能怪我,自从聂虹进了我这屋子,不知是怎么的,我浑身就紧张起来。平时,画报社的人都说,这位新来的聂虹,是画报社的第一大美人,她一来,就把社里原来几个颇有姿色的已婚和未婚的女子全比下去了!我尽管觉得大伙的评价有理,但因为和她同在一个编辑室,接触较多,也不感觉她的美有什么惊人之处。可今晚上,她穿戴得和平时上班截然不同,稍作化妆,竟有一种逼人的美。方便面弥散出的那股浓烈的滋味儿,全被她身上散发出的优雅香水味掩盖了。过去我总是嘲笑那些书中被香水熏得晕过去的描绘,而此时此刻,我真的被聂虹的到来熏得有些晕晕乎乎了。瞧,她坐得离我这么近,用她那双光波四射的眼睛瞪着我,目光中明显地透出异性的好感,我几乎可以听清年轻女子充满诱惑的轻微微的喘息。唉,和惠香聚少离多,我简直不适应了。

我捞着方便面条,就着破酥包,当着聂虹的面,吃起晚餐来。我吃得很快,显得津津有味,可我一点也没吃出面条和破酥包的滋味来。聂虹近在咫尺,她身上向我拂过来的,岂止是高贵的香水味儿,还有未婚女子身上特有的那股芬芳。偶一抬头,只见她双肘支在桌面上,鼓起的嘴角微微上翘地一掀一掀,她那双灵动飞转的眼睛,既像是欣赏,又像是讥诮地瞅着我。也不知她是怎么穿着的,她的胸脯隆得高高的,不仅显得诱人美妙,还给我一股神秘感。和平时上班截然不同。平时上班闲聊,她时常也会用那双撩人的大眼睛瞅着我,我不敢有什么奢想,总以为她对什么人都是这样,把眼神移开,装作没察觉就没事了,可今晚上……

我不自然地咀嚼着,勉强镇定着自己,收拾起面前的碗筷,离座站起来说:"你等等,我马上就完。"

"时间还早呢,"她突然伸手,按住了我的手背说,"你别慌慌张张的。"

我的手像被火烫了一下似的挣脱了,可我还是明显地感觉到了她那只手的细腻滑爽。我端着碗筷和包破酥包的塑料纸,朝小小的厨房走去。转过身去的那一瞬间,我看见原先敞开着的客厅门,在她进门时已随手关上了。

我走进没点光亮的厨房,将油腻的塑料纸扔进废纸篓,又把碗筷放进水斗,根本没心思洗涤,就拧开水龙头,擦上香皂,洗着自己的双手。

"这个厨房真小啊!"

我惊愕地直起了腰,天哪,这姑娘跟进厨房里来了。她说话的声音小得多了,仿佛怕惊动了我似的。可在我听来,她平时那很特别的浑厚浓重的女中音,放低了声音以后,更有一股带着磁性的魔力。

"是、是啊,是个小厨房。"我抹干了双手,猛地一转身,却撞在她的身上,"哦,对、对不起,聂虹,你看,我不……这个,你……"

我愈是手足无措,愈是出差错,一抬手的当儿,我的手指又触碰到了她隆得高高的胸脯,我的方寸整个儿都乱了。

"哦,对不起,聂虹,我……"

"别这样,姜老师,"她的手紧紧地抓住了我的手腕,温柔而又低沉地凑近我的耳朵说,"我有那么吓人么,看把你吓的。"

她散发着芳香的几缕鬓发撩拨着我的额头,我的心撞击得自己都能听见。别以为我是根木头,对于聂虹几乎直露地表示出的好感没丝毫感觉。正因为我太敏感了,我才会对她突如其来的感情觉得愕然。她身上那股芳香清丽甘醇,雅极了。我的心怦怦不安分地跳着,惠香也是有女人味的,但从她身上散发出的,尽是混杂着山野植物的青苦气味儿,带着浓郁的职业特点。

哎呀,这种时候,我想到哪儿去了。怎么把惠香和聂虹对比起来?

"走,"我轻轻地挣脱她的手,低低地说,

"我们到客厅里去坐。"

"行啊,你领我参观一下居室吧,我早想看看你们家了。"她一把逮住了我的衣角,解释一般道,"唷,真黑! 一点儿也看不见。"

我的头几乎都晕了,她怎么哪壶不开偏提哪壶啊! 我这家能让人参观吗?

客厅里点着蜡烛,她松开逮着我的手,抢先一步,端起蜡烛,嘴角一努说:"走吧,姜老师。带我参观参观,怎么,你不愿意?"

我朝着她浮起一脸苦笑:"我这家哪能叫人参观啊,聂虹……"

我真想说,你快饶了我吧。不料她截住了话头说:"怎么不能看啊,你又没金屋藏娇。我偏要看。"

说着,她端着蜡烛,坚定地向里屋走去。

"都快成垃圾箱了,还金屋藏娇呢!"我自

嘲而又无奈地双手一摊,只得跟着她走进里屋。

"啧啧,"她端着蜡烛,借着闪烁的光影,把零乱的衣裳、书报乱扔的屋子瞅了两眼,嘴里发出一声失望的叹息,"平时,只听说你生活得忧郁,不快活,没想到会是这副模样……"

我惶惑地打断了她的话:"怎么个模样?"

"质量如此之低,简直是清贫,姜老师,这太不公平了。"

"这有什么公平不公平的,"我讷讷地说,"也是命呗。"

"那一个人,也不能尽顾事业,一点也不顾家啊。"她愤愤不平地嚷嚷着,好像和什么人争执一般。

一听她这话,我就明白,关于我和惠香的

口角和传言,聂虹在画报社里全听说了。我长长地叹了一口气。幸好,听她的语气,她是完全同情我的。只是、只是,她为什么对我这么个人充满了好感呢? 她是这样的一个妙龄女郎,在画报社当着一个工作轻松、收入又不错的记者,身旁不乏追求者。编辑室里的人常说,聂虹是电话最多的一个,况且异性多,还不怕人家议论,她、她这是……

"姜老师,你真老实。"聂虹转过身来责备地说。

"我,老实?"现在的小青年都这样,说起话来没头没脑的,怎么扯到老实不老实上去了呢?"这话从何说起?"

"哈哈,你连这都听不明白,"聂虹又笑了,"换了别的男人,老婆总在外头不沾家,早就拈花惹草地把女孩带回家了。"

"我，"我点了一下自己，也跟着笑了，"我这副模样，还能交上桃花运？聂虹，你还是别开我玩笑了……"

"这怎么是开玩笑呢，"聂虹正色道，"你怎么啦，哪点差了？画报社的名记者，资深编辑，照片拍得有水平，时有作品在报刊上发表。最关键的是老实，不知有多少漂亮女孩想认识你这种男人了，嗳，你没听说，我们画报社那些年轻记者，专爱找歌星、模特、影视明星拍照嘛。"

这并不是什么新闻，那些记者们，给大大小小的明星们拍了照片，写了文章，少则名利双收，多则名、利、色三丰收，在省城里是公开的秘密。

"可我怎么能去做那样的事啊?"我思忖着，不由喃喃自语地说了出来。

"你又为什么不能做那样的事?"聂虹振振有词地责问道,正要接着往下说,突然,她的嘴里发出一声惊叫,"哎呀呀,烫死我了,烫死我了。"

一面叫着,一面"噗"一声吹熄了蜡烛,把蜡烛重重地丢在地上。

我连忙走近她身旁,惊问着:"怎么回事?"

"烛油滴在我手上,烫死了。"聂虹抬起手来,呻吟一般苦恼地叫着,呼呼地朝着自己手背吹着。

我一把抓过她的手,摩挲了一下问:"要不要擦点药?"

"擦什么药啊,"她说着把整个身子倚靠在我的身上,"让你摸一摸,我就不那么痛了。"

她的手有些凉，似乎带着湿意，皮肤柔滑而又细腻，手指纤长，细巧得仿佛轻轻一用力就能折断。我抚摸着她的手背、掌心，一点儿也没用力，她却伸长了手臂，任凭我摸着、揉着。

这一动作迅疾地拉近了我们之间的距离。

我身上像着了火，脑子里空白一片，黑漆漆的屋子里，溢满了聂虹身上温和的馨香味儿，那不仅仅是香水，那是再高级的香水店里都闻不到的混合了少女体香的醉人的味儿。尽管闹不明白聂虹为什么要这样充满柔情地对待我，向我表示她的好感，但有一点我是清楚的，只要我稍作表示，我们会自然而然地进入更亲昵的程度。那真是强烈的诱惑！我的心里紧张得几乎喘不过气来，整个身子像浮了起来。

她的身子歪了一歪，仿佛就要倒下去，我急忙伸出右手扶住了她的腰肢。哦，她的这一部位是如此纤细、柔软、富有弹性。

她微微地一偏脑壳，悄没声息地说了两个字："谢谢。"

声音柔柔地传进我的耳里，我的左手把她被烫着的手轻轻逮到嘴前，吹了一口气道："还痛吗？"

她清脆地笑了一声，发潮的凉凉的手出其不意地盖在我的嘴唇上，重重地捂了一把说："好多了，你再吹两口仙气，就全好了。"

这一亲密的举动，一下鼓起了我的勇气。

我抓过她的手来，悍然不顾地在她的手背上吻了一下，又把她的手翻过来，在她的手心里又吻了一下。

当我抬起头来的时候,她含羞带娇地瞅了我一眼,身子轻轻地向我倾倒过来,我惶惑而又不失时机地把她整个身子紧紧地搂在怀里,她的嘴里轻轻地吁出一口清香的气息,我把脸凑上去,笨拙而又有力地吻着她。她仰着脸,任凭我久久地吻着她的唇,吻着她的嘴角,吻着她的脸颊和眼眉。我感觉到她轻吁着承受着我的吻,我还感觉到她合上了眼睑,呼吸显得急促起来。而当我的嘴再次落在她温润的唇上时,她的唇微微启开,逐渐接受着我的吻,我的舌尖能体味到她细碎的牙齿、她的口香,她渐渐愈发局促的喘息。当我更为热烈地拥抱她的时候,她开始主动地吻我,吻得贪婪有力。嘴里还含含糊糊地喃喃着:"姜老师,天义,真好,这样真好,你应该过得好一些,真的,我愿意,从心底里愿意……"

聂虹，整个画报社最为青春美丽的姑娘，此时此刻竟和我变得如此亲密无间。以往，社里的同事们经常以不无羡慕的口气说，将来，还不知哪个男的有福气娶她呢。就是我自己，平时不也把她视为可望而不可即的美女嘛。谁知，她竟会暗中爱上了我！

我浑身感觉到一阵燥热，头整个儿都变得晕晕乎乎的，一股狂喜的幸福感笼罩着我。

她已变得惶惑的喘息，她一次次贴向我的身躯，她紧紧搂住我的双臂，愈发地鼓励和煽动着我的欲望。当我再次热辣辣地吻她时，她一边张嘴接受着我的吻，一边长长地吁着气在我耳畔道："真美，天义，真幸福。噢，我早想和你这样了。"

原来她的感觉和我一样，她爱我！

我无所顾忌地把她抱了起来，长期孤寂

冷漠的身躯燃烧一般充满了力量,浑身涌起一股强烈的欲望。我的眼睛已经适应了幽暗,我看到聂虹的眼睛睁得大大的,她的头发因为我们的亲热显得有些蓬乱,当我的双手不安分地抚摸着她柔软而极富弹性的身子时,她一次一次俯下脸来吻着我。我被她天使恩赐般的爱激发得要疯了,我只感到被她所吸引的欢乐,我带着一股狂暴不顾一切地和她亲昵着。她缓缓地伸长了手臂捧住了我的脸,摩挲着抚摸了几下,凑近我耳畔说:"你想要怎么样,就怎么样吧。"

仿佛有一股醉人的花香轻轻拂来,我似乎进入了梦境。夜是那么黑,黑得让人膨胀起为所欲为的欲望。北京影剧院门前鼎沸的喧嘈伴着小贩的叫卖声传来,窗户外面,一根笔直的电线杆子,耸立在夜空中。让人觉得,夜空是那么饱满丰实，幽深难测。那无际的苍穹像呼吸一般在起伏着。

省城的春夜，唤醒人的野性和激情的夜。

一切都结束了。

我出了一身微汗，我双手紧紧地搂着她，用近乎崇拜的声音道："我要娶你，离了婚娶你。"

聂虹笑了，她把脸贴在我身上，用甜蜜得呻吟般的语调说："当真那样，当然好啰。不过，你还是好好想想罢。可能么？"

有什么不可能的，反正我和惠香的不和在画报社内尽人皆知，离婚是早晚的事。不过我不再急于表白了，现在急急地向聂虹说出口来，反而有一种不真实的感觉。我只轻轻地说："我是认真的。"

聂虹信赖地又往我的身上靠了一下，懒

63

洋洋地伸手摩挲了一下我的头发,现在我发现,她特别爱用这个动作,她说:"这更证明了你是一个好人。走吧,看电影还来得及。"

我有些不情愿地跟着她站起来。

坐在黑漆漆的电影院内,看着一对年轻的恋人在极短的时间里迅速升温的爱情,在映出杰克和罗丝狂热地相恋、深情凝视的镜头时,聂虹情不自禁地把脸往我探过来,在我的脸颊上轻吻了一下。

她真是疯了,这是画报社买的团体票,她就不怕给身旁左右的人看出蹊跷来。但她的这一举动,心理暗示却是明白的,爱情常常是来得没头没脑的。只因在走来看电影的路上,我问过她,你究竟看上了我什么。她没正面回答我的疑惑,只是说,以后会告诉你,一切你都会明白的。

电影散场以后，十点已过，我问她，再到家里去坐么，她摇头说不了，时间太晚了。我坚持要送她回家，她没有反对。

在离她家不远的幽暗小巷中，我们久久地依依不舍地拥抱着，她在我的耳畔亲昵地说："希望这个晚上令你感到愉快，希望从今往后，你的日子天天灿烂。"

我的目光追随着她消失在小巷深处的倩影，舔着嘴唇回味着她告别时留给我的吻。

说真的，当我孑然一身时，今晚发生的一切，更让我有一种不真实的感觉。一切仿佛是一场梦，美好的春梦。难道这一切，都是真的？难道像聂虹这样美丽青春的女孩，会爱上像我这样的中年男子？

电影《泰坦尼克号》里的爱情，看的时候令人情不自禁地心向往之，但在看完之后，冷静一想，谁都会知道这是编的，事实上那艘沉没的巨轮上，也不曾发生过这么离奇浪漫的故事。

而我这是在生活里啊。不行，我一定得弄明白，这是怎么回事？回到家里，电已经来了，可我却没开灯，静静地躺在幽黑一片的屋子里，细细地回味着今晚上发生的一切。从聂虹出其不意地进门到我们在她家附近告别，所有的细节和对话，都浮现在眼前。那都是真的！她那有魔力的嗓音，令人心醉的肌肤相亲，她的一对灼灼放光的眼睛，还有让人欲醉欲死的那一瞬间，哦，作为一个男人，我有多长的日子没和女人这么亲热过了呀！那真是迷人的一刻，我怎么能怀疑这一切不是真的呢！都是真的，可为什么，我的心中悬悬的，仍然感觉还是不踏实呢。不行，我得把事情弄明白,我突然想起,为便于联系,画报社给每位职工发过一小本通讯录,那上面该有聂虹家里的电话。

我开了灯,找出那个小本子,顾不得夜已深沉,把电话拨了过去。随着电话铃声响起,我在心头一再地祈祷:千万别是她的父母来接电话。

有人接电话了:"喂……"

天哪,是她。我重重地喘息着,激动得竟说不出话来。

"是天义么?"聂虹在电话中柔柔地问。哦,她的嗓音,放柔了说话,真好听。

这真是奇了!我还没说话,她竟然已经猜着了。我不由得问:"我都没讲话,你怎么知道是我。"

她笑了:"我有第六感。你睡了吗?"

"睡不着。"我咽了一口唾沫。

"为什么?"

"总在想你。"

"我们明天又见面了。"她似是在安慰我,"不是么?"

"我不明白,聂虹,真的,"我冲着话筒,没头没脑地说着,但我想她能听懂,"这一切是怎么回事。我、你……我们之间,这个,你是那么美,美得高高在上……"

她在话筒里格格地笑了起来,我一下子住了嘴,不知再说什么好。笑毕她说:"你要追根问底?"

"是的。我不想这样糊里糊涂,不明不白……"

"还记得季小珊么?"她突然清晰地问。

"你说什么?"我当然记得这个人的名字。

"季小珊。"

"记得。"所有的记忆都随着这个名字被搅动着掀了起来。

"她是我的妈妈。"聂虹的声音突然放低了。

我不顾一切地朝她嚷嚷："这不可能，不可能！季小珊不可能有你这么年轻的女儿！"

她又笑了，这会儿笑得有些辛酸："这说明你真记得我妈妈。我是苦命的妈妈领养的女儿，天义，我不骗你。你知道这点就行了，其他的，我们改天再说罢。"她把电话挂断了。

我捧着话筒，愣在那里，久久地说不出一句话来。

我开始理出一点头绪来了。我的眼前浮现出一个身影佝偻、穿着寒伧的补丁衣裳、头发花白的中年劳动妇女的形象。

头一次见她，她在为我家里送煤巴。那时候惠香正在坐月子，烤火需要煤，可我打开门看到她气喘吁吁地把沉甸甸的一大扁箱煤巴搬进厨房里来时，心中还是老大的不忍。

我清晰地记得，那是一个初冬季节，她的额头上布满了豆大的汗珠，嘴里大口大口地喘着气。我不安地招呼她坐下，喝一口热茶再走。她迟疑地瞅瞅我拉出的洁净的椅子，又不好意思地低头看了看自己满身煤灰，朝我泡好的茶晃了晃巴掌，歉疚地一笑，转身走了。我知道她为什么不接茶杯，她那张开的巴掌沾满了黑灰。她是怕弄脏了杯子。听着她的脚步声走下五楼，我直忖度，为什么要叫这么大年纪的妇女做如此劳累的活儿。

我没想到还会再见到她。而且是在我的接待室里。那天她一走进接待室，我就认出她来了。可她却把我早忘了，毕恭毕敬地坐在我的面前反映问题。大学刚毕业的几年，我分配在省政府的信访办。那年头，也不知为什么，会有这么多的来信来访。在接待的日子里，我不知听了多多少少遍及全省各地的稀奇古怪的历史遗留下来的故事。可以说，久而久之，听得我已经麻木了。但我听了她的故事，仍然感到震惊。

我愕然地望着她穿得一身几近洗得漂白的旧衣裳，极力想要理解她讲出的一切会是怎么发生的。

省城解放那一年，季小珊十九岁。可她早在解放前夕已经加入了青年团，并正在积极争取加入共产党。地下党为了考验她，更是为了培养她，利用她那个省城里富有家族复杂的社会关系，让她打入保安司令部做策反工作。

她很有能力，临近解放的时候，按照党组织的部署，一步一步、循序渐进地工作，竟然策反了省城市郊整整一个保安团弃暗投明。

保安团顺利地进入了整编阶段。党组织对她的工作十分满意，表示很快将批准她的入党要求。这时候发生了保安团长向她求婚的事情。正在整编中的保安团长已改任解放军的副团长。一个团级干部向她求婚，本是大好事，但鉴于保安团长的特殊身份，季小珊还是慎重地向组织上请示，并且获得批准。

一切似乎都在向着好的方面发展，未来正在向季小珊露出迷人的笑脸。哪晓得春节结婚，刚刚翻过年的早春时节，季小珊的蜜月都没结束，风云突变，全省各地匪患四起、风声日紧之时，好不容易"起义"过来的保安团长竟然出尔反尔,重又"反水",把保安团原班人马拉出去,还当了"反共救国军"的司令。

季小珊痛苦至极,对自己的丈夫苦苦哀求无效,只得毅然脱离保安团长,跑回来向组织上汇报,组织上当即把她扣押审查。几个月以后,保安团长终于在"清匪反霸"中被剿匪部队活活打死。由于他负隅顽抗,死不投降,死的时候浑身都吃满了枪子儿。于是乎,季小珊成了标标准准的匪属,她因没跟着保安团长上山当土匪,关押了几个月就被释放出来。但是,一顶"匪属"的帽子从此就一辈子死死地扣在她的头上。没有一个单位愿意接受她,更没有人为她说一句公道话。她的容貌虽然姣好,但哪一个男人都不敢娶一个当过大土匪婆娘的女人为妻。厄运跟定了她,苦难伴随着她。省城里传遍了关于她的绯闻、谣言和轶事，说她会耍双枪，左右开弓，百发百中，说她如何地了得，又是如何地了不得，说她的家族曾经如何富裕，现今又是怎么破败。总之，从此她就孤苦伶仃地一个人，过着永无出头之日的年月。熬到了八十年代，听到很多冤案得到平反，很多历史得以澄清。她鼓足了勇气，也走进了信访办。

当她泪流满面、断断续续地叙述完这一切的时候，早已过了接待时间。我瞅着她那一双哭红肿了还在淌着泪水的眼睛，深深的同情溢满了我的心头。我决心要尽我的可能帮助她。

几年来的信访工作已使我有了一些经验，如果仅仅只是一般地把她的材料转给有关部门，那么问题的解决就会拖到猴年马月，而我一旦转出了材料，也便丧失了主动权。

我问她带材料来了没有。她从衣兜里掏出了厚厚一叠皱巴巴的申诉材料。

我不动声色地请她把材料留下，并说我会及时把她的事情向上反映。她充满希冀地望着我，在走出接待室的那一刻，深深地向我鞠了一躬。没待我阻止她，她已掩着脸啜泣而去。

那个晚上我失眠了，我从未那么深切地感受到人是历史的牺牲品，我感叹着偶然在人的命运中起到的神奇般的作用，我为季小珊的命运而颤栗悲哀。我细细地看完了她写下的二十多页的申诉。她的字迹娟秀而有骨架，如果她这一辈子不是在从事底层的重体力劳动中度过，她很有可能在什么领域做出一点成就来。于她本人来说，至少也不至于如此遭罪。

我在工作汇报中把季小珊的情况向处长、向省政府的副秘书长作了详细的汇报。他们也和我一样，悲叹同情季小珊的遭遇。但是在感叹之余，他们说，她如今要申诉什么、要解决什么问题呢？右派分子，可以平反，冤假错案，可以纠正，文化大革命中遭到冲击的，在改正的同时还可以补发工资。她头上这顶"匪属"的帽子，只是惯常的说法。认真分析起来，保安团长确实是匪，她尽管嫁他的时间不长，也还是匪属。况且没有任何人给她戴过这顶帽子，解放后她没有任何单位，经济的补偿也无从谈起。再给她安排工作，显然她的年岁已大，不合适了。几十年来她就在社会底层中求生，她什么都干过：看门、摆小摊、守电话、卖米粉、修鞋、补伞、捡破烂、送煤巴、卖恋爱豆腐果、送牛奶……但全都是临时的。

是啊,处长和副秘书长的话都有一定道理。在季小珊的申诉材料中,确实也没写什么具体的要求。在她面对面向我反映情况时,她不也没提任何具体的请求嘛。

她最需要的是什么呢?

似乎是一目了然的。

可落实起来,却又是难以操作的。

我想做一件好事,却不知从何做起。

苦思冥想中,省政府机关大院里的一条消息,触发了我的灵感。

植树节要到了,原定计划,省委、省政府的主要领导,都要到市郊阿哈岭参加植树活动,可那一天突然插进一个重要外事活动,省委冯书记要出面接待,他就不能上几十公里外的阿哈岭了。但冯书记坚持仍要植树,办公厅就安排他到省委交际处的湖滨去植,那里正好有一排待种的树,已经挖好了土坑,树种也已运到,取水十分方便,一个小时之内,冯书记及其随同人员,都能完成植树任务,而冯书记又误不了外事接待。冯书记听后十分高兴,还特别关照,植树就是植树,绝不允许借领导植树为名,兴师动众,封园封路,老百姓照常在湖滨散步游园休憩。

我知道冯书记是地下党出身,而且解放前还是省城地下党的负责人,对季小珊的事情,至少也会有所风闻,三十年过去了,对于过去的一些事情,现在该会有更加客观公正的看法了吧。更主要的是,解放后的这些年里,冯书记也曾经两次挨整,多年生活在基层,对于老百姓的疾苦和冤、假、错案,有深切的体会。

总之，我根据近年里做信访工作的经验，让季小珊那一天到湖滨去，扮作一个清洁工，看到植树的人到来，把信送给其中年纪最大的那个人，他就是冯书记。为了便于冯书记批阅，我让季小珊把她的申诉尽可能地缩短成两页纸。

　　一切都如我的设想，由于准备工作充分，那一天的植树格外顺利，不到三刻钟，一排树种已在湖滨植下，冯书记有点累了，兴致勃勃地在湖滨坐下，提议随同人员一起休息一阵。他指点着湖光山色，感慨万千地告诉大家，解放前做地下工作时，怎么到湖滨来进行单线联系，接头时又是多么神秘……恰在这时候，装作清洁工的季小珊走上前来，递交了她的那封申诉信。其实她不需要刻意打扮，她那模样就是一个标标准准的清洁工。

等一旁的随同人员醒过神来，想要阻挡已经来不及了。

没想到冯书记当场就把信拆了，当知道眼前这个公园的清洁工就是季小珊时，他惊呆了："你……你就是季小珊？"

"是啊，冯书记。"季小珊怯怯地答。

"你还认识我不？"

"怎么不认识，你是地下党省工委的书记。"季小珊两眼巴巴地盯着老首长，呼吸都屏住了。

冯书记坐在圆鼓状的石凳上，当场看完了季小珊的申诉。两页纸在他的手上颤抖，他的眼睛眯缝起来了，两道粗浓的眉毛耸动着，嘴角蠕动着说："你的事情，我听说了，你、你再耐心等一等，这么多年都等过来了，再等几天，你不会嫌长吧？"

"我等。冯书记。"季小珊点着头说，她哭了，泪水顺着她布满皱纹的脸颊淌下来，但她却没哭出声来。

我在想，多少年里，她淌下了多少无声的泪水啊。

冯书记是说话算数的，事实上他是在当天夜里，就作出了批示：我们应当尊重历史，在力所能及的范围内，给季小珊同志落实政策，让一辈子受尽苦难的她，有一个安定的晚年。

在我多年的信访工作中，这是领导同志批示中，最富感情和最为具体的一个批示了。

副秘书长和处长拿着冯书记的批示找我谈话的时候，要我具体关心一下这件事情的进展。我岂止是关心啊，拿着这一批示，我干脆以省政府信访办的名义，督办起了这件事。

这其间的种种苦恼和繁文缛节,我都记不住了,反正是在三个月之后,季小珊调进了区图书馆。第二年人大、政协开例会的时候,把她增补为区政协的委员。在她进图书馆工作的第二个月,她提着大包小包礼品到我家来,向我表示感谢。我执意不收,推搡之下,我甚至于还说了:"这本是一件功德圆满的事情,想起来我都觉得自傲。让你这么一送礼,就俗了!"

听我这么一说,她愣怔了片刻,继而连声向我道着歉,把礼物带回去了。

自从我调进画报社,脱离了信访工作,以后就再没和季小珊联系。没想到,聂虹竟然是季小珊的女儿!而我又和她……这么说,她这是替母亲报恩来了,这么说,她往常瞅我的眼神,她对我的好感,并不是空穴来风,一切的一切，她都是有意识的。

是的，当年我毫不犹豫地谢绝了季小珊的礼品，而现在，我却不知不觉地接受了聂虹的报答。多么重大的报答！

我的内心深处涌动着一股急切地想要表达爱情的欲望，我觉得自己负有责任，不可推卸的责任。一整个晚上，我都睡得迷迷糊糊，一会儿眼前晃动着聂虹青春靓丽的倩影，一会儿是季小珊奇特的命运，她的那一张让愁云笼罩的脸。

我起了一个大早，到画报社去上班。我急切地想要见着聂虹，明知她不会来得这么早，我还是耐心地等着。明知就是她来了，我们也不一定两个人单独在一起说话的机会，我还是第一个来到画报社上班。哦，我多么愿意见到她。

当走廊上响起她说话的声音时，我的心竟然怦怦地跳荡起来。当年和惠香谈恋爱时，我都没有这种感觉，今天我这是怎么啦？

真是吉星高照，和聂虹一个办公室的编辑记者，今天都有采访任务，报了个到，他们一个个都离去了。聂虹一个人在她的办公室里！我随手抓了篇稿子，丝毫没迟疑地进了她的办公室。

她抬起头来看我的时候，脸色有些潮红，眼神也有点儿凝滞不安，她对我笑了一笑，笑得也有些不自然。

我坐在她的对面，把稿子摊在桌面上，用手捋了又捋，语无伦次地朝着她说了起来。我说我十分感谢她，我说我从心底里深深地爱着她，只因为她太美了，我从没想到要向她表白。发生了昨晚的一切之后，我认真地进行了考虑，我深感自己要对她负起责任。

她始终没说话，只是用那双大大的温情的眼睛，带些愕然地瞅着我，倾听着我的每一句话，每一个字。直到我说起责任，她才轻声问："责任？"

"是啊，"我费劲地咽了一口唾沫，放低了声音道，"你是这么可爱，这么纯洁，这么神圣。我不能让你这一生蒙受痛苦……"

"痛苦？"她又问了一句。

"是啊，你想想，"我极力要把自己的意思向她表达清楚，"你母亲这一辈子，就是因为当年的婚姻，苦了整整几十年。如今你也到了谈婚论嫁的年龄，我决不会让你后悔，决不会让你……"

我望着她白皙的脸上灿烂的笑容，我瞪着她那贴身而质地高贵的春装，我闻着从她身上弥散到全屋的淡雅的香水味儿，所有的话突然都哽在喉咙里，一句也说不出来了。她这副模样儿，会像她母亲当年么？我陡地感到什么地方不对劲儿，思考了一晚上的话，全跑了。我简洁地结束道："我说的都是真的，我要离婚，我会娶你的。"

她又笑了，放声地笑了起来："你这个人，真怪，也真好，就像妈妈说的一样，我完全明白你的意思。"

"明白就好，明白就好。"我连连点头。

"你不觉得，在办公室里，谈这样的话题，有点不合时宜嘛。"说这话时，她转脸朝门口望了一下。

"确实……"我点了一下头，我也怕被同事们听见我们在谈这样的话题，情不自禁地连连往门口溜着眼，被她这么一点穿，却又有些不甘心地："我想了整整一夜……"

她点着头，善解人意地说："你看这样好不好，今晚七点，我们在工人文化宫的咖啡厅见。"

"太好了!"我兴奋地站了起来，"晚上见。"

说着，我转身就往外走。

"嗳，稿子，你的稿子。"她又招手提醒我。

我返身拿了稿子，又瞅了她一眼，她亲切地朝我笑着，我能感觉到她的目光追随着我走出了办公室。

工人文化宫的咖啡厅是由茶室改造的，尽管名称改了，但它的环境一点儿也不幽雅，与其说它是咖啡厅，不如说它仍是个茶室。就像省城市中心好不容易开出了一家西餐馆，但不到半年，西餐馆里供应的全是中餐一样。晚上七点，我一走进咖啡厅，只见人头攒动，声浪鼎沸，四处都是欢声笑语，根本没一张空桌子。我心想，这哪是谈情说爱的地方啊，我整整思考了一天的话，怎么在这么个地方对聂虹讲哪。正在迟疑，耳朵里似听到有人喊了我一声，我循声环顾，只见咖啡厅挨着阳台的角落里，聂虹正在向我招手。我挤过人群，朝她走去。

这是一张四人坐的方桌，我坐下的时候，桌上已泡好了两杯咖啡。我说："你早来了。"

"是啊，这地方不早点来，根本没座位。"聂虹颇有几分自得道，"我一吃完饭就来了。"

这么说她还是诚心诚意的。只是，没有音乐，没有烛光，也没有咖啡厅该有的情调和舞曲，根本不适于谈情说爱。我正想说我们另找个地方吧，不料聂虹先说开了："现在你说吧，在这儿，说什么也没人在乎你。"

看来她是这里的常客。

我端起了咖啡杯，呷了一口咖啡，苦味儿挺重的。是的，可以说这一整天我都在酝酿此时此刻的表白，我要说我已下定了决心离婚，只等惠香这一次回来，我就开诚布公地向她摊牌，估计这不会有多大麻烦，因为惠香也是一个自尊的女人。我还要说我爱她，我会一辈子都对她好，我们的结合会很幸福。当然新婚的房子会装修得像宫殿一般漂亮，直到她满意为止。我还要说……白天我想得那么多，但一旦坐在她的面前，我竟一句话也说不出来了。

聂虹出声地把小钢勺放在盘子里，笑吟吟地对我说："怎么哑巴了，你不是有话要说吗？"

"是的，"我抬起头来，瞅了她一眼，下定了决心道，"聂虹，你应该看得出来，我不是一个逢场作戏的人。我要对你负责，我要娶你……"

她突然乐呵呵地打断了我，"你就不问问我同意不同意？"

"你……不同意？"

"是的，我不会同意。"她简捷而又明了地说。

"那么，昨晚上，你是逢场作戏……"

"哦不，那是真的。真心，真情。"

"我……"我语塞了，我真闹不清这是怎么回事儿了。

聂虹笑了，明明白白地说："你别这样子瞪着我，好像我是个怪物似的。我先要告诉你，我有男朋友，而且还不止一个。目前我正处在对他们的选择之中，也许一会儿你就能看到他们中的一个。"

我浑身突然不安起来，像看一个陌生人一般看着她。

她仍在笑："而对你，我也一直有种莫名的好感。当我告诉妈妈，我和你同在一个画报社工作时，妈妈一直让我请你到家里去玩，妈妈总是念叨着你对她、对我们一家的恩情，总说要报答你。正当我想告诉你这一切的时候，我听说了你婚姻的情况。而且恕我直言，在画报社里，你确实生活得很窝囊。你想想看是不是这样？"

我怔怔地望着她："于是你就生出了怜悯心，你只是因为可怜我才……"

"也是为安慰你，更是为激发你，我才这么做的。"聂虹陡地提高了声气，申明一般道，"但这决不是你说的逢场作戏，这里面包含着我的感情,很复杂的一缕感情,我是心甘情愿这么做的,对此你别感觉内疚。我只是希望你不要活得那么压抑,我只是要让你感受生命的欢乐,感觉生活的灿烂多彩。仅此而已,怎么,你还是不明白?"

我瞪着她的目光,一定像个傻瓜!

"别这样,"她优雅地端起咖啡杯,喝了一口咖啡,伸出手来,在我的手上轻轻一握,不无担忧地说,"你说话呀,怎么闷闷的?"

我把双手一摊,苦涩地笑了一下:"那么,昨晚的一切,真是一场春梦?"

"你又来了,"她嗔怪地撅起了嘴,"那都是真的。但是过去了,也就过去了。别让它牵肠挂肚地放在心上。要知道,我们这一代,看待事物和你们是不同的。"

她的眼角朝旁边一溜,顿时堆满了笑容,

轻轻地说:"妈妈来了。"

我吃惊地转过脸去。只见季小珊热情洋溢地伸着手朝我们走来。

"哎呀,姜天义同志,你好你好！来,认识一下——"

季小珊拉着我转过身去,指着她身旁一位文质彬彬的老人,正要介绍,聂虹插嘴道:"这是我继父。"

我和老人握手,忍不住又回过身来瞅着季小珊,她已是一头银发,但是红光满面,神采飞扬,特别是她那双眼睛,年轻得和她的年龄都不相称。

一位英俊潇洒的年轻人,悄没声息地出现在我们桌旁,脸上挂着讥讽一般的微笑,聂虹出其不意地把嘴朝他一努:"自我介绍呀,陈石,傻乎乎地站着干什么？"

小伙子双脚一并，向我伸出手来："陈石，已经被她抢先说了。很高兴认识你。"

　　两位老人和聂虹都笑了，我也勉强堆起笑容，和他握手，但心里仍觉得别扭。季小珊朗声说："我们这一家子，常在这里度周末。坐吧。"

　　怪不得这是一个四人座呢，我的心像被什么捅了一下。趁这机会，我摆了一下手道："你们坐吧，我还有点急事，先告辞了。能见到你们一家，我真是太高兴了。"

　　无论季小珊和聂虹怎么挽留，我最终还是脱身了，走出咖啡厅的时候，我自觉神态还是镇定的。可一走到街上，春风拂上脸来，我竟什么感觉也找不到了，脑子里一片空白，一片茫然。

　　难道这就是世纪末的爱情？